KB017899

혜화시동인회 제6집

그녀의 파라솔

글나무

그녀의 파라솔

"세상의 모든 생명체 가운데 늙어가면서 아름다워지는 건 나무밖에 없다"라고 한 어느 나무 학자의 말이 생각난다.

나무만큼 크게 자라거나 나무만큼 오래 자라는 생명체는 찾아보기 힘들다.

우리가 내쉬는 날숨이 나무에게 필요한 들숨이 되고 나무의 잎사귀에서 빠져나오는 날숨이 우리에게 꼭 필요한 산소가 된다는 걸 숲속을 걸으며 새삼 고맙게 여기게 된다.

시 또한 같은 맥락이라 할 수 있다. 시의 날숨이 시와 마주하는 사람에게 들숨이 되어 지친 영혼의 내면을 한 바퀴 휘돌아 맑게 정화되는 정신의 호흡이 되었으면 한다. 시에 있어 날숨을 가늘고 길게 오래 내쉬어 보지만 내게 저장된 숨은 금방 바닥이 나고 만다. 시를 쓰는 일은 이렇듯 숨 막히고 정교한 아웃풋의 과정이라 할 수 있다. 차곡차곡 꾸준히 시를 쓰기 위한 들숨 즉 인풋이 제대로 저장되어 있지 않다면 영혼 없는 메아리로 흐지부지되고 말 것이다. 이처럼 시인과 독자의 밀접한 관계를 통해 날숨과 들숨으로 삶의 방향을 열어주고 인도할

것이라 믿고 혜화동에서 만나 끊임없이 서로 독자가 되어 시
와 호흡하고 있다.

혜화시동인 회원과 십이 년을 함께한 세월을 내려다본다.
맹꽁이와 개구리 울음소리로 가득 차 있다가 어느 순간 사라
진 코로나의 공백 기간은 적막하기 그지없었다. 이제 5월이 지
나 6월을 맞이하는 시점에서 맹꽁이 소리와 개구리 소리가 다
시 돌아와 있다. 그렇게 백색소음으로 울려 퍼지는 혜화시동
인지 제6집이 세상을 향해 새로운 빗장을 푼다.

처음 제1집부터 시에 정진할 수 있도록 넉넉한 품으로 품
어주신 함동선 교수님께서 이번 제6집을 마무리하며 은퇴를
결정하셨다. 너무 황망하고 서운해서 혜화시동인 회원들이 뽑
은 애창 시 일곱 편을 육필로 써 주실 것을 간곡히 부탁드려
원고지에 옥고를 담아 수록하였다. 연백의 바람 소리로 혼신
을 다해 쓰셨을 교수님의 모습이 생생하게 그려진다.

시는 가슴에서 머리로 가는 여행이다

- 함동선 「시」 전문

절창인 시 그대로 교수님께서는 긴 여행을 통해 지금은 가
슴에서 떠나 정수리 어디쯤 도착해 계시리라. 안개가 흐르듯
무게를 버린 듯 시의 정체성을 찾아 평생을 사신 온전한 시인

의 본모습으로 영원히 우리 마음속에 함께 하실 것이다. 그리고 여전히 '시란 무엇인가'라는 물음을 계속하실 것 같다. 이제 교수님만의 오솔길을 찾아 나서는 길목에서 진정한 스승과 제자의 자리를 돌아본다. 쓸모없는 나무가 산을 지킨다는 교수님의 아호 산목이 큰 노거수가 되어 넓은 그늘 아래 짧은 세월 긴 이야기는 계속 후대로 이어질 것을 믿는다.

함동선 교수님, 혜화시동인 회원들과 더불어 진심으로 감사드립니다.

2023년 6월 정서진에서
혜화시동인회장 임경순

제1집 기념

제2집 기념

제3집 기념

제5집 기념

서산 웅도 기행 중 바다 우물에서

섬 안에 섬 매섬 가는 길

제주기행 돌문화원에서

제주기행 이중섭미술관에서

Contents

Contents

2023
혜화시동인회

연백의 바람소리

함동선

황해도 연백 출생
《현대문학》(서정주 추천)으로 등단
한국현대시인협회 회장 역임
현재 중앙대학교 명예교수
시집 『인연설』 『밤섬의 숲』 『연백』 외 다수

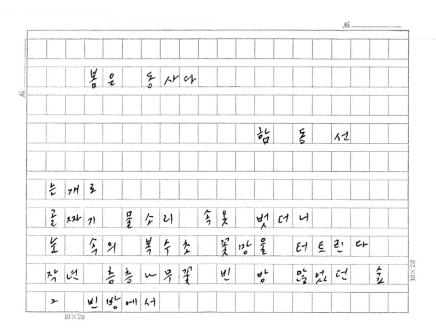

봄은 동사다

함동선

늘개로
골짜기 물소리 속옷 벗더니
눈 속의 복수초 꽃망울 터트린다
작년 층층나무꽃 빈 방 말았던 숲
그 빈방에서

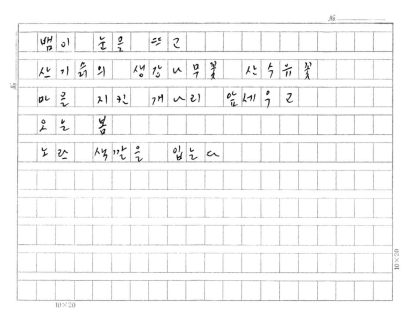

뱀이 눈을 뜨고
산기슭의 생강나무꽃 산수유꽃
마른 지친 개나리 앞세우고
오는 봄
노란 색깔을 입는다

가을 편지

함동선

연보라 빛 쑥부쟁이 하얀 구절초
해거름엔 너 금빛으로 반짝이는 억새,
따라
골짜기 오르고 내리고 앉자에 앉으니
스밈 벌써 여 스렸는가

도랑 덜은 그 오
상에 마주 앉은 바람 같다
이대금 단풍 드는 소리
그 지방 사투리 억양 닮았는지
뒷소리 여운 길어
이 가을 기러기
아무 일도 못했는데
잎 다 진 나무 뒤에
엷은 구름으로 흐르는 밤
누에 씨앗 종이에 깨알만하게 기어다,

니는 즐써요

너에게 가는 길이 멀어서

이 편지를 쓴다

오늘

　　　　　　참　동　선

앞서　가는　사람의　시간
내　살고
내　시간　앞서　가는　사람이　산
가　때　문　열다

앞으로　닮은　거

살며시　감은　눈
꼭　다문　입술
명상시간　나　닮은　부처가　앉아있다

삶은
과거나　미래보다
이　순간　살아야　한다,

하루　일생처럼　설법　짧았지만
나가는　윗모습　작아질수록　커지는

내　살아　왔던　것만으로　족한　오늘

인 연 설

함 동 신

경주 천마총의
구름 밟고 달리는 천마도를 보고 돌
아오는 길에
잠시 어느 말 사末 주에 머물었다
바람이 없는데도
도랑엔 낙엽이 쌓인다
낙엽은 떨어지는 소리도 없으니
지난 여름의 영화를 돌아보는 나처럼
가볍기만 하다
아니 몸의 무게뿐만 아니라 욕심까지
놓아 버렸다
동슝이 누가 밟기 전에 낙엽을 쓸기
시작했다
비질을 할 때마다 나비가 날아오르
매미 소리가 요란하다

그건 살아 오는 동안

지우려 해도 지워지지 않는 인연인

것이다

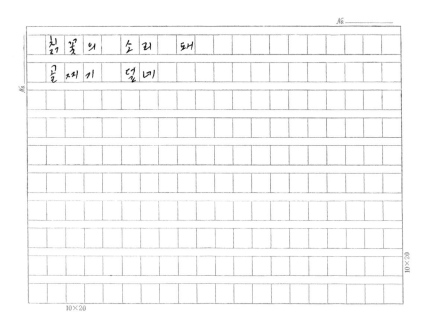

유둣날 뻐꾸기 울음은

함동선

황해 물 퍼낸 숲으로 무성만 하리고
불암산 배밭에 섬으로 열린
유둣날 뻐꾸기 울음은
보리 이삭 가슬떠며 가슬거리는
여름 빛깔로

칡꽃의 소리 돼
글짜기 덜메

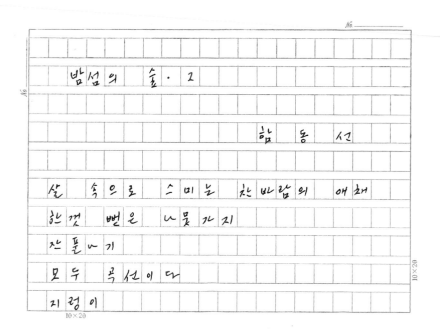

밤섬의 숲 · 2

함 동 선

살 속으로 스미는 찬 바람의 애채
한껏 뻗은 나뭇가지
잔 풀떼기
모두 곡선이다
지렁이

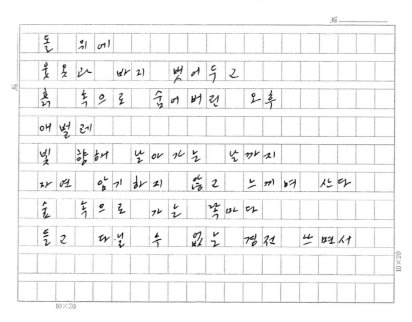

돌 위에
옷옷다 바지 벗어두고
흙 속으로 숨어버린 오후
애벌레
빛 향해 날아가는 날개지
자연 암기하지 않고 느끼며 산다
숲 속으로 가는 꽃마다
들고 다닐 수 없는 경전 쓰면서

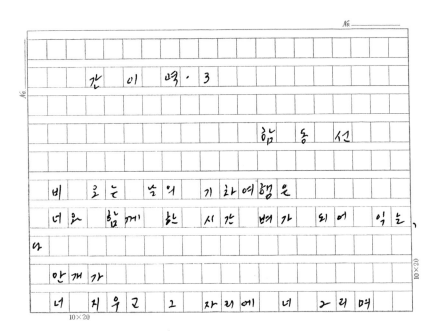

　　갇이 먹·3

　　　　　　함 동 선

비 오 는 늪 의 기 차 여 행 은
너 와 함 께 한 시 간 빗 가 되 어 있 는,
다
안 개 가
네 지 우 고 그 자 리 에 네 그 리 며

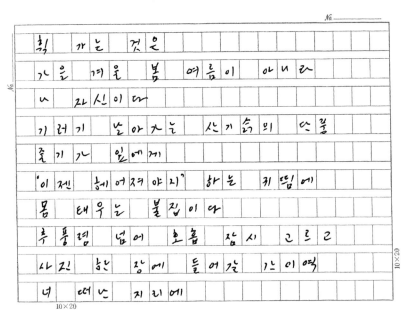

획 가 는 것 은
가 을 겨 울 봄 여 름 이 아 니 라
새 자 신 이 다
기 러 기 날 아 가 는 산 기 슭 의 산 불
줄 기 가 잎 에 게
'이 젠 헤 어 져 야 지' 하 는 귀 띔 에
몸 태 우 는 불 집 이 다
추 풍 령 넘 어 호 흡 잠 시 고 르 고
사 진 한 장 에 들 어 간 기 러 기 역
너 떠 난 지 리 에

나는 왜 돋 or 오 눈가

2023
혜화시동인회

김
민 ★
채

2008년 《시문학》 등단
제18회 푸른시학상 수상
시집 『빗변에 서다』, 『노랑으로 미끄러져 보라』
ysmjhu@hanmail.net

나를 생각한다는 사람들은 한마디씩 한다

이제 가게는 때려치우라고
경순 언니가 말했다 가게 정리하고 여행이나 다니자면서
제주 쪽빛 바닷물을 전화로 퍼 올리며 갈매기 소리를 냈다
친구 찬배는
얼굴에 고생이 넘친다고 촌 아지매가 왔다 울며 가겠다고
했다
젠장,
내 얘기는 마이동풍이다
오늘은 동생이 언제까지 그 일을 할 거냐고 한다
나보다 내 걱정이 큰 그들이
힘도 쓰지 않고 내 사주를 잡아 흔드는 통에
지름신이 지름길을 못 찾아 방황 중이고
재언이는 끝까지 버티는 놈이 이기는 놈이라고
연신 하이 파이브를 외쳐댄다
젠장,
비는 주룩주룩이고

밥이나 먹자, 순이가 말했다

겨울 승기천

아파트 담을 끼고 플라타너스가 사열을 하고 있었는데
요 아씨, 얼어붙은 골목에서 잠시 휘청했는데요(고백건대
자주 휘청합니다) 그 휘청이라는 거, 잘못 낚이면 평생을
볼모 잡힌다고요 오늘 아침, 때아닌 서리꽃이 만개했는데
요 순식간에 겨울이 와버렸더라고요 바람이 나뭇가지를
휘어잡고 몇 시간째 잉잉거리는데요 승기천 따라 핀 상
고대도 그 소리에 바짝 귀 세우고 더 무거운 쪽으로 기울
었는데요 플라타너스 잎사귀가 바스락 허공을 흔들어 놓
지 뭐예요 상고대 사이를 누비던 청둥오리 한 쌍 물을 박
차고 날아오르는데요 아씨, 그때 물을 깨우고 말았는데요
슬몃 보았을까요 강의 눈, 강도 가끔은 운다고 누가 말했
는데요 강이 쩡쩡 소리 내는 날 숨죽여 그 소리 듣다 보면
어느새, 길어 올린 물 한 바가지 그게 목구멍까지 차올라
찔끔찔끔 닦아 내야 한다는데요

찔레꽃가뭄

땅은 하늘이 하는 일을 보고만 있었다

목마른 아이들은 맨손으로 땅을 파고 귀를 모아 물소리를 찾았다
열에 들뜬 눈동자가 밤하늘에 매달려 마른침을 삼키고

하늘은 고집이 셌다

날 수 뒤적이는 뭉툭한 손가락 사이로
찔레꽃이 환장한 날
연두는 초를 다투며 초록으로 뛰어들어 햇살을 받아 내고 있었다

내일 없는 말들이 거리에 출렁였다

직원 구함 전단지가 벽에 나부끼고
아무도 몰래 헛발질 하는 횟수가 잦았다 밑창이 아찔하게 흔들렸다

구름은 눈꼬리 언저리를 느리게 기어다니다가
찔레꽃 속으로 숨어들어 잠이 들었다

마당에 서 있던 감나무에
풋감이,
꼭지를 틀기 시작하는 오월이었다

불면증

훅 날리는 가벼움으로
공기를 잡았다 놓았다 물기를 잡았다 놓았다

빙글빙글 도는 것을 팽이라 하자 회전목마라 하자
언젠가 당신이 선물한 오르골이라 하자

아직도 창창한 냇물 소리
민꽃식물을 적시며 이명에 시달리는 달팽이를
깨우러 온다

찰방거리는 냇물에서 물고기가 튀어 오르고
여뀌가 한꺼번에 피어난 둑 위로
분침과 초침이 뛰어간다

천의 물소리 만만 개의 여뀌꽃

패총이 일제히 나발을 분다
페름기의 요람을 뚫고 나온 모기가

한쪽 귀를 물어뜯고 날아가는 지금
뻐꾹새가 네 번 운다

시침질 촘촘한 암모나이트 속에 눕고 싶다

요이 땡

고요를 흔드는 타이어 밀리는 소리
그리고

렌즈 속으로 빠르게 달려오는 레카, 레카들

그건 불행이 아니다 고통이 아니다 찰나를 스치는 아찔한
비명이 아니다 당신의 동공이 흔들리고 입을 다물지 못하
는 순간, 손실과 수익 절망과 기쁨 조화와 부조화 원칙과
비원칙을 뚫고 앰뷸런스가 온다 그건 불행이 아니다

열리지 않던 차 문이 열리고
여자가 끌려 나오고,
일등으로 달려 온 레카 기사는
자신이 차를 끌고 가게 해 달라고 사정 또 사정하고

먹거리 찾으러 온 개미들의 떼쓰는 소리에 매미가 가뭇가
뭇 눈 뜨겠다

여름으로 기우는 길목 화火의 층이 두꺼워지고 있다 너무 빨리 나비가 나폴거렸고 일찍 집 나간 벌들의 웅웅거림마저 차갑게 얼어붙은 봄 같지도 않은 봄, 화원 한편에서 몸을 푼 어미 개는 날마다 말라가고

끌고 간다 누군가의 불행을 끌고 레카가 달린다 그것은 불행이 아니다 어쩌다 쓰는 사고 일지, 매일 서너 건 되면 좋으련만, 그에게는 따뜻한 저녁밥이므로

옆구리가 자꾸 오른쪽으로 기울며 끌려가는 차

'사고 나면 전화주세요. 성사되면 건당 7만 원 드립니다'

행과 불행의 판독이 흔들리고 있다

을왕리

바닷바람을 가둔 카메라 렌즈가 윙크,
윙크한다
갈매기 발톱에 찍힌 하늘 틈새로 사르르 물이 돌면
아득히 획을 그으며 다가오는 수평선

뚝 뚝 지는 비명의 가장 깊은 곳
불이 바람을 만날 때 내는 소리, 그 깊고 뜨거운
소리 몇 점 줍고 싶다 찰칵, 찰칵

어정쩡한 것들은 왜 탕진되지 않는지
금줄에 갇힌 어제가 바위에 부딪혀 헛구역질하는

그때 던진 물수제비는 아직도 안녕한지,

붉은 눈 붉은 말 붉은 손
귓바퀴에 모아 둔 바다의 지문까지 확인하는 어스름

렌즈 속으로
네가 만난 적 없는 문장을 부르고 싶다

십리포

겨울에는 십리포에 가서
말도 버리고 생각도 버리고 무심하기로 했다

어디로 가는지 어디서 오는지
수평선에 나타났다 사라지는 배를
그저,
헤아리기로 했다

나무에 기대앉으면
잃어버린 핸드폰이 신호를 보낼 것만 같은

십리포,

소사나무 물 내리는 소리 귀에 걸고
누군가
십 리 길을 달려오고 있다

2023
혜화시동인회

문
향
연

2007년 《문예운동》 신인상 등단
공저 : 『텃새의 항변』, 『내 마음은 공사 중』, 『저돌적 사랑』
혜화시동인
yeunwha21@hanmail.net

귀뚜라미를 죽였어요

콩알 무게로 뜨르르 뜨르르
네 노래 알아듣지 못해
잠 기울이다 똑딱 시계에 울렁거려
핏물 베어 문 모기 날개를 쫓다
목각 인형 피노키오에게 말 건네는
동화 속 외로운 아빠와 귀뚜라미 이야기
너도 가을밤, 말러 음악을 켜다 끄다
낡은 서랍장 틈에 끼어 우는
뜨르르 단조
네, 스스로 사그라들길 기다리지 못해
벌떡 일어나 살충제를 쏘았어
그 소리 어디로 갔지?

모자를 눌러 써요

바람 불어와
빗은 머리 엉클어져
거울을 보면
바보 세월 풀풀 뒤집어요
허기진 제자리걸음
오늘도
너에게 가려고
한숨 찍어 내며
모자를 눌러 써요
풍풍 솟는 사람들 사이
서 있는 여자
옷자락 흩날려요
… … …

우연한 꽃길

아파트 흰 담장에 빨간 장미 넝쿨
이슬비 흩뿌려진 꽃길에
분홍 셔츠 입은 사람
작은 몸집으로 천천히 걸어왔어요
절룩거리며 무거운 가방을 들고
좁은 길에서 마주쳐
얼른 차도로 내려 길을 양보하는
당신은, 꽃길을 걷는 노숙인?
낡고 얼룩진 차림에 하루치 우주가 담긴 듯하여
5월의 유목민일까
소인국 방랑자일까
붉은 장미꽃잎 떨어져 주단을 깔아
우연한 꽃길의 공상 꾸러미
풀어보려다
허공에 발끝 삐끗했어요

열대야

발등이 쏙쏙, 진물로 덧난 상처가
열대야에 드러누운 마음을 당기며
중얼중얼
커피 말고 맥주 말고 신경증 말고
광합성 비타민 cool 바람을 원해
뜨거운 건 못 견디지
그냥 숨죽이라고,
아픔 촘촘히 스멀스멀
한 떼거리 바퀴벌레 난장을 펴고
꿀잠 멀어진 그대
TV와 형광등은 밤새 깜박깜박

가을 산국

장마 지나고
마른 텃밭 분무기 앞에
토마토 부추 돌나물이 키 세우고 있어요
언저리 납작 눌려 담벼락에 기댄 떡잎
여름 지날 수 있을까

속씨식물 초롱꽃목
옛이야기 속 작은 여자아이와 머리 아픈 어머니
말린 국화꽃 베개를 베고 겨울을 맞아
슬픔은 모르고 쓸쓸했어요

시간을 건너 막다른 골목 텃밭에서
독한 목마름에 바스락
안개비를 기다리는
가을 산국

먼 산야 무리 지어
등 비비며 일렁이는 속성

도시 텃밭 뿌리 내려

꽃 피우고

코끝으로 허밍 하는 길

기억 속 아픈 어머니 위로해 준 국화 향기에요

아득한 입장입니다

공원묘지 잔디 장은 몇 자인지
이웃한 영혼 표지석을 밟았습니다
단풍나무 계절은 11월
풍경은 춥고 서먹하여
자연으로 섞여 가려는 죽은 자
아득한 입장입니다

저승으로 건너간 이 잡을 길 없어
저기 홀로 앉아 우는 여인 누구인가

좋아하는 쌀밥 삼색나물 차려
저녁이면 "밥 줘"
남편 목소리 들린다는 아내

얼떨결에 숨 멈춰 "잘 있어" 말 못 하고
백골로 공원묘지에 묻힌 용대 아버지
정년 퇴임 얼마, 내 시간 남아 있다고 묵언하네
(저승에 별빛 길 있을까)

여기는 어디

아득한 입장입니다

당신 토할 거 같아요

휘청하더니 바닥에 주저앉네요
일그러진 얼굴
한쪽으로만 시선이 뭉쳐 멍하니
젊은이 뭘 놓쳤나요
고슴도치 촉수가 있을까
조용히 빠져나가는 사람들
눈에 가득 돌아봅니다
한 모금 생수가 없어
정신 줄 놓쳤나요, 개뿔
루나 코인 코로나 블루 부동산 패닉
통증 어쩌나
휘청, 걷지 못하고 주저앉은
당신 토할 거 같아요

2023
혜화시동인회

윤
혜
정

전남 구례 출생
월간 《순수문학》 시 등단
문협 문학낭송가 회원
혜화시동인회
youni6180@hanmail.net

금오도

동백꽃 붉은 길 따라
갈바람통 올레길 걷다 보니
따순 해풍에 방풍나물 입 열고
마른 가지 봉긋하니 가슴 내민다
마법 풀린 금오도는
조금씩 계절의 무늬 바뀌어 간다
포구식당 막회와 막걸리 한 사발에
달큰한 저녁
창 너머 바람 맞닿은 바다는
큰 입 열어 붉은 햇덩이 꿀꺽 삼키고
상쾡이들 떼 지어 파도를 가른다
맵싸한 바람 불어오는 겨울 끄트머리
섬마을 봄이 일어서고 있다

번개

오 분 만에 성사된 번개팅
배낭 하나 메고 나선다
정체 중인 순환도로
앞차 속도에 거리 맞추며
트롯 반주에 목청 높인다
의왕에서 만난 일행
테이크아웃 커피 들고 바다로 향한다
뒤차 경적 울리거나 말거나
시속 110킬로미터 고속도로를
70킬로미터로 달리며 수다에 빠진 여인들
달려온 만큼 해 그림자 짧아진다
물회 한 그릇으로 늦은 점심 때우고
바위 타고 흘러내리는 파도
해변 풍경에 빼앗기는 시간들
망설이지 않고 불쑥 떠날 수 있는 친구
내 나이가 어때서를 외치는 6학년 번개 여행
맛깔나다

그녀의 파라솔

마을 언덕 뱃머리 닮은
회색 벽돌집 눈에 들어온다
글쟁이 사진쟁이 산이며 바다
카메라 셔터 눌러대더니
남향받이 언덕에 뿌리내리고
꽃모종 심다 말고 버선발로 마중 나온다
꽃 심을 자리 좁다고 잔디 마당 에스자로 뜯어내며
야생화 옮기느라 분주하다
풍경 소리 반려견 땡칠이 이리저리 뒹굴며
삼월의 녹색 물감 풀어낸다
호미 든 그녀의 파라솔 아래
쑥개떡 민들레차 마시며
하늘 한 조각 바람 한 줌 올려다보며
지금이 좋다

둑방을 걷다

목 움츠린 회색빛 산책길
눈에 보이는 산 들 정적 그대로다
잔설 사이 언뜻 보이는 앉은뱅이 냉이
잠깐 햇살에 깊숙이 생명줄 내린다
자줏빛 머리채 휘어잡고
언 땅을 호미로 헤집다가
올곧은 하얀 뿌리 길게 나오자
심봤다 크게 외친다
놀란 까마귀 떼 요란한 울음
까악 까악 흘리며 저 멀리 날아간다
냉이 향 폴폴
다리 건너 집으로 가는 길
겨울 냉이 끓여 주시던
엄마 된장국 생각이 묵직하다

바다로 출근하는 여자

밥 한술 물 말아 먹고 바다로 간다
무거운 잠수복에 물안경 쓰고
오리발 신고 첨부덩 자맥질 시작이다
바닷속을 한껏 흔들다
전복 소라 문어 한 움큼 쥐고
숨비소리와 함께 나오는 그녀
하늘 향해 뱉어 내는 한 섞인 외침이다
제주 바다가 있어 다행이라는 그녀
물속 연신 들락거리며
테왁을 가득 채워야 잠수복 벗는다
석양이 물드는 바위에 좌판을 편다
오가는 섬객 하나 둘
숨비 묻은 해산물에 흥정이 오간다
어깨에 매달린 삼 남매 키우며
바다로 출근하는 시간을
반납하고 싶다는 그녀
등 뒤로 찢어진 깃발 제멋대로 나부낀다

세발자전거

호박이란 태명으로 열 달 채우고
금쪽이로 삼십 개월 지난 아이
세발자전거로 원을 그리며
놀이터를 맴돌고 있다
등에 멘 어린이집 가방이
작은 몸집을 가렸던 지난봄인데
일 년 새 쑥쑥 자라
자전거 페달을 곧잘 밟는다
후다닥 내게로 다가온 아이
뜬금없는 똥 얘기로
공 굴러가듯 까르르 웃음소리
놀이터 담장을 뛰어넘어 가고
그 어미 어린 모습 담장을 넘어온다
세발자전거 쫓아
눈으로 트랙을 도는 동안
어린 딸이었다가 손녀였다가
애먼 눈만 껌벅인다

공사 중

갱년기 반란으로
검진 받으러 가는 길
얼어붙은 도심의 거리에서
공사 중 표지 맞닥뜨린다
수신호 기다리는 사이
수능 끝난 학생들
삼삼오오 횡단보도에 몰린다
빛깔 다른 이야기 차창 밖에서 들려오고
삐걱이는 몸 흔들리는 마음
한 해 동안 잘 살았냐는
내 안의 소리는 운전대 끌어안고
마지막 달력과 대치 중이다

2023
혜화시동인회

최
종 ★
월

수상 '김포문학상 대상' '경기예술인상' '계간문예작가상' '청록문학상'
시집 『반쪽만 닮은 나무읽기』, 『사막의 물은 숨어서 흐른다』,
『쟁이 던지는 당신에게』, 『나무는 발바닥을 보여주지 않는다』
bellmoon47@hanmail.net

국자 생각

끓는 냄비 안으로 들어간다

우물 깊이 두레박이 내려가 하늘 길어 올리듯
망설임 없이 묵묵히 퍼 담아 준다
두레박이 품은 서정이 국자는 없다고 생각하지 마라
하늘이나 별, 구름이나 달이 아닌 것은 서정이 없을까
가슴으로 담아 준 것이 목젖 적시며 넘어가는 소리

입이 없는 나는 즐겁다

얼음 둥둥 뜨는 냉채 안으로 들어간다
잠시 가슴에 품었다가 내려놓는다
노랑 빨강 파랑이 유빙으로 맴돌고
휘리릭 휙
투정 없이 유리 그릇은 환하다

종일 비어 있는 가슴이다

내 품에 안겼다 떠난 것들
아주 짧은 시간에 품었던 것들
지금 멀다
방금 지나간 바람에 공작단풍잎이 몸을 떤다

흔들리지 않는 나는 가슴을 연다

초대받은 날

초대받은 날인 걸 잠시 잊거나 자주 잊었다

풀밭에 앉아 쑥을 뜯는다
연한 쑥 줄기를 싹둑 자르는 모순
하늘 보며 편안하게 숨 쉬는 자유
살구나무가 꽃등을 매달고
목련꽃이 별이 되어 내려오고
조팝나무 두 팔 벌려 함박 웃는다

이 땅에서의 삶은 꽤나 저렴해*

살아가는 건 걸어가는 거다
햇살을 꼭 안아 주는 거다
끊어진 통화
그다음을 기쁘게 적어 보는 거다

지구의 봄날에 초대받은 지금
경사진 풀밭에 주저앉아

엉덩이로 우주의 별 하나를 밀고 있다
만난 적 없는 행성의 먼 그대에게
초대장을 띄운다

* 비스와바 심보르스카 시 「여기」에서 인용

어머니의 골목

명륜 3가 골목에 그림자 하나 지나갑니다
발소리가 없습니다
큼직한 가방이 야윈 어깨에 매달렸습니다
터줏대감 인쇄소 낮은 지붕을 밟는 달빛
발소리가 없습니다
대문 옆 흰둥이도 냄새 알고 눈만 멀뚱거립니다
키 낮은 그림자 따라온 달이
불 밝힌 교회 빈 뜰에서 기도 중입니다
뜰로 나온 그림자들 하나둘 골목으로 사라지고
교회당 불 꺼진 지 오래되었습니다
낮은 그림자는 보이지 않습니다
졸린 눈 비비던 달빛도 돌아간 후
교회 문은 소리 없이 열립니다
키가 더 낮아졌습니다
새벽빛이 귓속말 옹알대며 현관까지 동행합니다
발소리가 없습니다
성경 가방 메고 새벽 골목 지나가던 그림자
이젠 보이지 않습니다

오래되었습니다

달빛만 심드렁히 골목을 서성이고 있습니다

석공

백색 대리석에 정을 박는다

투명해도 존재하고 있는
투명해도 정수리 잎을 스치고 있는
투명해도 멀리서 서로를 생각하는 시공간 같은

냉각된 수천 년 전의 마그마가 깨어진다
부서져야 비로소 나타나는 형상을 위해
조각정을 메로 내리친다

자음과 모음이 튀어 오른다
대리석은 단단하고 그 안에서 발효된
말들이 모습을 드러낸다
다비드가 걸어 나온다

피에타. 세상에서 제일 큰 슬픔이 완성된다
깨어진 대리석이 토해 내는 탄성이다

벽에 정을 박는다

벽지 너머 콘크리트 벽
내벽과 외벽 사이
공간을 메꾸고 있는 적막
적막을 채우고 있는 어둠

어둠을 캔다

머지않은 날
지각 변동이 일어날 테고
다시 냉각의 시간이 무량하게 쌓일 거다

파르마콘

　낯설어지는 도시에 살고 있다 오래된 일이고 지금도 낯설어진다 신갈나무 잎이 낮에도 컴컴하게 흔들린다 네 어깨를 감싼 내 손이 컴컴하다 개통을 기다리는 육교 공사장 붉은 흙은 흘러내린다 6차선 도로를 가로질러 호수에 닿는 시간이 공중에서 뒷걸음친다

　비 소식이 없다 바다 건너 더 낯선 대륙에도 비 소식이 없다 기상관측소가 우울하다 저녁 일곱 시가 넘어섰다 빛이 돌아오지 않은 창문들은 침울하다 도로변 7층 스터디 카페 창은 두껍게 차단되었다 1층 카페 원탁에 마주 앉은 젊음이 나뭇잎 그늘에 지워졌다가 다시 돋아난다 스터디의 연속으로 생을 가득 메운 노학자는 눈을 뜨고 임종을 바라보았다 마지막 기록물이 없다

　저녁이 불빛에 삭고 있다 간밤에 꺼지지 않은 생등심 철판구이 네온이 하품을 한다 병실 침상에 누워 바닥을 알 수 없는 저녁을 맞이하는 눈빛이다 집착이 더 아름다웠을까 먼저 버리고 그 빈 자리로 슬몃슬몃 고여드는 순

응이 무채색이다 마지막 손님을 배웅한 새벽에 주인은 불 *끄*는 걸 잊었다

　지금도 낯선 먼 풍경 속에 누군가 서성인다 버스는 교차로에서 좌회전이다 유리창 너머 따라오는 얼굴을 응시한다 아직 빛이 돌아오지 않은 창처럼 침울하고 낯선 그리고 먼.

밥알의 우화

누군가 매화나무 아래 밥을 쏟아 놓았다
매화 꽃잎처럼 둥글고 뽀얀 쌀밥 한 사발

참새들이 재빠르게 모여들어 밥상이 소란스럽다
비둘기 한 마리가 공중에서 내려앉으니
참새들이 포르르 동시에 날아오른다
청빛 깃털 반짝이는 까치 한 마리가 내려앉으니
비둘기도 가랑잎처럼 날아오른다

개미들은 땅속 곳간이 환하게 쌓아 놓고
저녁상을 차릴 거야
조상이나 자식의 기일일지도 몰라

어머니는 죽은 아들이 새가 되었다고 믿으셨다
명복 빌고 태운 한지 재 속에 새 발자국이 찍혔단다
정성껏 씻은 밥알들을 마당 함석지붕에 뿌린 후
망부석이 되셨다
한바탕 소란 후에 밥상은 금방 깨끗해지고

어머니는 발그레 상기된 뺨으로 들어오신다

내 제사 지내지 마라
맛있는 것 싸들고 무덤에 모여 앉아 즐겁게 놀아라

공중을 날던 밥알이 허물을 벗고
새똥으로 돌아왔다
날은 저무는데
매화나무 아래서 우화를 기다리는 밥알들

어머니 유언처럼 생생하다

벼랑

당신이 다 읽지 못하고 덮어둔 바다가 벼랑의 무릎을
밤새 두들기네요 무릎은 늘 욱신거려요 바다는 결코 잠들
지 않으니까요 벼랑 위 샛길에서 우리 마주친 적 있지요
서로 눈길을 바라볼 수는 없었어요 길이 좁고 해안의 벼
랑은 높았으니까요 서로의 발소리만 기억하지요 다 읽었
나요? 나는 오늘도 우리가 읽던 그 바다를 다 읽지 못하고
덮었어요 당신이 기르는 어둠에서 뽀얀 발가락이 쏘옥 나
오고 있나요? 어둠에서 싹이 트면 눈부실까요? 눈이 아
려 수액 같은 물이 흐를 거예요 물이 흐르는 곳으로 발가
락이 뻗네요 당신이 기르는 어둠을 보러 갈게요 바다를
다시 펼쳐 읽을 거예요

2023
혜화시동인회

이
연
분 ★

한국문인협회 평생교육원 시낭송 교수
한국문인협회 낭송문화위원회 부위원장, 은평문인협회 부회장
초등6(2011)·초등3(2018) 도덕교과서에 시 수록
유치원 교육공동체 역량 기르기 유아시민의식 함양 노랫말(2022 교육부)
수상: 은평문학대상(2021), 소년한국일보 낭송 대상(2005)
시집『그대의 마음에 물들고 싶다』,『뼛속의 붉은 시』,『한밤중의 돌고래 쇼』
ybpoet@hanmail.net

폭설

강원도 산간 어디쯤인가
길이 끊겼다는 뉴스 특보
충청도 얕은 산골짝에도
주의보가 내렸다는 속보 속보
내 마음에 내린 이 거대한 눈은
그대 무어라 보도하실까
그대 향해 쏟아지는 무수한 눈송이들

잊어버리고 산다는 건

잊어버리고 산다는 건
얼마나 슬픈 나와의 약속인가

기억의 밑동에 나이테로 자라는 널
한 줌의 톱밥처럼 부숴 낸다는 건

푸른 줄기들 모두 지우고
우수수 우수수 낙엽 지는 날

떨어지면서도 차마 말을 못하고
다만 조용히
잊어버리고 살아야 한다는 건

속달 우편

봄비 오는 날에는 우체국에 가고 싶다
생글거리는 벚꽃 만발한 얘기 되어
처음 그대에게 다가선 날부터
방금 통화 속 목소리까지
빠른 등기 되어 가고만 싶다

곁에 있어도 그리움 일어
배시시 고운 웃음 흘리게 하는
내 하나뿐인 젊은 날의 연인

사람을 사랑하며 산다는 것이
퍼져나는 벚꽃 기지개 같은 거란 걸
우체국 정문 앞 오고 가는 발길로 안다

몸살 나도록 애태우는 그대와의 인사
백 년을 살아도 오늘 같은 웃음 지을 수 있다면
흰머리 듬성듬성 섞여버린 마음 안에
라일락 꽃잎 같은 편지 하나 쓰고 싶다

그대의 손안에 꼼짝없이 웃고 마는
비 오는 봄날 같은 나의 하루 얘기를
속달 우편으로 부치고 싶다

겨울행

바람 부는 거리 나목으로 서서
뿌리째 흔들려 본 사람만이 안다
줄 수 있는 모든 것 내어 주고도
언제나 홀로 울고 있는 겨울을

사랑하는 이름 가지 끝에 매달고
안간힘으로 버티다가
칼바람에 스러지고 마는 애달픈 노래

지나간 시간은 화려했고
다가올 시간은 꽃처럼 곱다
모든 것은 떠나도 지나면 아름다워
쓸쓸한 계절은 해마다 오늘뿐

죽음 같은 고요가 휩쓸고 간
적막 뒤에 홀로이다가
결국은 떠나버리는 텅 빈 기찻길

못내 하나일 수 없는 운명처럼
이룰 수 없는 꿈 하나 지워진다

사랑, 그 그리움의 나무

기다릴 사람이 있다는 것은
얼마나 아름다운 풍경인가
가슴 가득히 그리워할 사람이
어딘가 있다는 것은

눈 내리는 창가
아득히 멀어지는 바람 소리 들으며
그대의 발자국 들려오지 않을까
마음의 귀 쫑긋 세우는 밤

나이테처럼 자라는 그리움 키워
벌거벗은 나무에 눈꽃 옷 입히고
그보다 더 고운 사랑의 옷을 입히고
밤새도록 바라봐 주는 모습
오늘은 그런 그림이 되고 싶다

불어오는 한 소절 바람에도
햇살 웃음 건넬 줄 아는 숲

따뜻한 숲속에서 아름드리 커가는
사랑, 그 그리움의 나무 되어
오래도록 한사람을 기다린다
저물도록 한사람을 그리워한다

붉은 문장

애써 생각하지 않아도 떠오르는 이름이 있다
지는 꽃잎처럼 가슴을 긋고 지나간 사람
돌아가기엔 너무 멀리 와버렸고
멈추기에는 너무 짧고 잔인하다
이 가을에만 그리워해도 죄가 될까
시작은 있으나 마지막은 없는
밑줄 그은 기억들만 펼쳐진 거리
지상엔 레드카펫 깔려 있고
그리움은 지우지 못한 수첩에 남아
시간의 한 귀퉁이 만지작거린다
보이지 않는다고 잊혀진 건 아니다

연

바람이 부는 날은 날아오르지
팽팽해진 그리움 펄럭거리며
가슴은 터질 듯 저려 오는데
네 모습 어디에도 보이지 않아
얼레에 감긴 실 모두 풀어놓고
이렇게 기다리면 그대 나를 볼까
새는 날기 위해 울음을 버린다는데
나는 무엇을 버리고 날아오르나
붉은 기다림 품에 안고
더 높이 더 멀리 손을 뻗는다

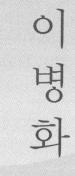

2023
혜화시동인회

이
병
화

경기도 안성 출생
2004년《예술세계》등단
한국문인협회, 예술시대작가회, 아토포스문학회 회원, 한국사진작가협회 회원
시집: 『도시의 벼랑에 서서』 외 공저 다수
112byung@hanmail.net

하우스 하우스

밥상머리 리더 탄수화물 밀려나자
대대리 넓은 논엔 하얀 파도 일렁인다
굴러들어 온 돌, 박힌 돌 빼 버리듯
하우스엔 계절 아랑곳 않는 식물들
특수작물 이름표 달고 터 잡는다
제철 모르고 뿌리내린 초록이들
군인들처럼 줄 맞추어 빼곡하다

상추 쑥갓 치커리 베트남 여인 손에 뽑혀
트럭 타고 가락시장으로 떠나면
몇 달 동안 그들 발목 잡았던 흙
또다시 새로운 인연을 운명처럼 품을 것이다
계절을 당겨 태어날 초록이들
휑한 하우스에서, 꼬물꼬물
사람의 손길 모르고도 잘 자란다

구두 오른쪽 뒤축이 갸우뚱한 이유

갈림길에서 '예스와 노'에 발목 잡힌다

갈 수 있는 길과 없는 길

끝이 보이는 길과 보이지 않는 길

그 사이에서 언제나 머뭇거린다

이천 오일장에서 호미 고를 때

단골 종묘사에서 씨앗 고를 때

자꾸 한쪽으로 기운다

내 발이 선택한 길

늘 미련이 따라붙는데

놓친 고기 더 커 보이고

두고 온 보따리 더 두둑해 보여서다

낯선 길목에서 힐끔거린 죄로

뒷굽 삐딱해진 구두 신고

뒤뚱거리며 새로운 길 찾아 걷는다

아스팔트 길 뒤로하고

처녓길인 너덜길 에돌아 걸으며

내 구두코, 오늘도 은빛 설렘을 핥는다

마트에 가지 않을 이유

리스본행 야간열차 눈 쌓인 길로 문병 가는 사이
손바닥만 한 테이블엔 커피 한 잔과
밤 열두 알 나란히 온기 흘리고 있다
카톡방 빨간 불 서넛 깜빡이는 사이
택배 트럭 다녀가고
콩돌이 털털거리며 짖어대자
처마 밑 풍경 덩달아 징징거린다
눈 치우고 들어온 오전 열한 시
벽시계는 아홉 시
감쪽같이 사라진 두 시간
딱, 그 사이
하얀 햇살은 한 편의 시나리오를 쓰는 중이다
아날로그 굼뜨게 디지털과의 거리
조였다 풀었다 무겁게 맴돈다
길 잃은 시간 마땅히 흐를 데 없어
누렇게 바랜 숫자판 서성이는 사이
말기 암 그녀의 시간도
리스본의 오래된 골목 헤매다

스위스 베른역으로 돌아올까 싶어
시계 약 사러 마트에 가지 않아야겠다

거리 두기

논두렁 어슬렁거리다 두어 발 앞선
푸드덕 소리에 걸음 닫는다 저만치,
물기 즈분한 논바닥 재두루미 가족
숙제하듯 낟알 찾기 한창이다
나와 가까워진 만큼
날아오르다 내려앉기를 반복한다
자로 잰 듯한 거리 두기
코로나 확진자보다 정확하다
쫓아갈래야 갈 수도 없는데
날개라도 달린 줄 아는 건지
게임이라도 한 판 뜨자는 건지
발자국에 대한 경계 팽팽하다
논바닥에 머릴 박고도
촉각은 내 발끝을 겨냥하니
피해의식에 중독된 날것들
생존 방법이 사뭇 안쓰럽다
그저 산책하면서
느이들을 프레임에 담고 싶어서라고

신호를 주어도 곁을 안 주고
무거운 날개 폈다 접었다 한다
그리고 보니 즐거운 내 산책 시간이
그들의 불편한 식사 시간이다
사람들 가까이 살면서
어쩌다 생긴 불신의 벽 때문에
내 핸드폰엔 두루미들의 반쪽 샷뿐이다

꽃무덤

윤슬처럼 반짝이는 초록 잎
그 사이로 꽃들의 절명, 줄을 잇는다
영혼 내려놓지 못하고
소매물도 바다에 떠 있는 동백꽃
저만치 고깃배 멀어지면
움찔 놀란 파도 눈물주름 만들어
뭍으로 꽃잎을 밀어낸다
밀려난 꽃송이와 몽돌
생애 마지막 사랑 중이다
동백꽃이 검푸른 물살로 돌아가는 동안
달그락달그락, 장송곡 켜주는 몽돌
그래, 슬픔도 품앗이가 되는구나

깍두기

어려서 깍두기로 통했다
짝이 맞지 않는 사방치기 고무줄놀이에서
응급처방으로 맞춰지는 깍두기
잘하거나 못해서 뽑히는 깍두기
이편저편 기울지 않아서
늘 게임의 열쇠를 쥐고 있지만
놀이마다 옮겨 다녀야 한다

중년 노년도 아닌 간절기
가을 겨울도 아닌 제5의 계절
아쉬움 반 설렘 반의 날들이다
엉킨 실타래에서 중간 끊어버리고
새 실마리 만들 듯
끝에 스미는 시작, 미로 속에서 진통 중이다
몸도 마음도 쉬어가고픈
징검다리 계절인 간절기
그냥 깍두기라고 하면 안 될까

진달래꽃

앞산 능선에
말간 정신 내려놓고
징용 간 할아버지 부르며
산으로 들로 건너다니던 어머니
이젠 색깔 다른 대물림으로
언뜻 보면 잘 보이잖는
어머니꽃 찾으러
그녀 봄 산을 오르내린다

지각인 줄 알고 성큼 걸어온 꽃길
황사 바람에 그만 엇갈렸나 보다
헐거운 앞산, 무채색 가지마다
그녀가 놓치고 간 꽃
하늘가에 어머니 얼굴이
분홍빛으로 동동 떠 있다

임
경
순

경기도 김포 출생
월간 《시문학》 등단
현재 NGO신춘문예 운영위원, 현대시인협회, 한국문인협회,
시문학문인회, 계간문예회, 어울문학회, 김포문인협회 회원.
숲해설사로 활동 중
시집 『숨은 벽』, 『시계가 날 때리기 시작해요』
공저 『발자국의 체온』 외 다수
tree6103@hanmail.net

시계가 날 때리기 시작해요

소리는 아무리 퍼내도 금방 차요
검은 막대기는
어찌 그리 같은 곳을 치는지요

출처가 무궁무진한 냉기를
베개 밑으로 긁어모아요

11월은 아직
남아 있는 것들이 있어서 다행입니다
흔들린다는 건
아직 버틸 것이 있는 것이니까요

밤이 시간을 감추는 동안
안개를 뭉쳐 잠의 계단을 만들어요

생각 한 마리는 종횡무진이어서
이리저리 앞뒤가 꼬여요

초침은 퍽 퍽 거침이 없으니
슬픔이 심심해질 때까지
흠씬 매를 맞아야 할까 봐요

책식주의

맨손으로 집어 먹기 좋은 책장고

냉기로 소름 돋을 때
따뜻한 시집 한 그릇을 비우고
조곤조곤 설득하는
책 한 잔을 마셔야 한다

막 버무린 겉절이를 먹다가
묵은지는 당분간 손이 가지 않는 법

소포로 배달되는 것들
넘길수록 속은 촉촉 겉은 빠삭하다

뚜껑 한 번 열어본 적 없는 고전문학전집
오래 묵은 오크통을 개봉한다

바이칼 호수에 사는 물고기 한 권을 굽고
바이블에 뜸이 든 한 구절 주걱으로 푼다

요정의 고리에 걸린 버섯 속 갈피를 탐하다
눈은 오래 모래알을 씹는다

실로넨
— 옥수수의 의도

신이 옥수수로 인간을 만들었다는
마야 전설

내 몸에 옥수수가 섞여 있다는데
머리카락은 붉은 수염이 진화된 것일까

우주에서 온 정체 모를 괴물이
손 하나 까딱 않고 땅을 일구게 한다
거름을 섞고 잡풀 뽑게 하면서
세 알을 심게 한다
땅 위 것을 위해
땅 아래 것을 위해
한 알을 위한 기꺼움으로

넌출거리는 수꽃이 피고
발가락이 허공을 내달릴 때
겹겹이 싸여진 비밀을 벗는다

흰 이를 드러낸 웃음소리
소쿠리 가득하다

두어 개 속옷을 뒤집어
머리를 땋듯 꼬아
대못 신전에 모셔 둔다

옥수수 영토를 위한 촘촘한 노예 도시
23층 3호 호모 사피엔스
파종을 위해 머물고 있다

돌탑

손에 잡히면
누름돌
돌팔매 돌
물수제비 돌

이리저리 표정을 바꾸다가
아슬하게 멈추는 돌의 생각
구르고 부서지는 것만이
수행은 아닐 터

윗돌
버팀돌
밑돌
뼈대로 버티는 아슬아슬한 소원들

어떤 이의 발에 채여
넘어지고 쓰러진다면
누군가 다른 꿈의 표정을

세워 놓고 갈 테지

올려지기 전에는
무심코 돌
한사코 돌
하물며 돌

소리의 체온

토란잎으로 떨어지는 작달비
큰바람이 고목을 흔드는
마중물 한 바가지로 펌프질하는

아궁이마다 생솔가지가 타는
가마솥에 눈물이 흐르고
이내 밥이 끓는

몽당 수수비가 봉당을 쓰는
늙은 암소가 울리는 워낭

소리, 소리들은
불면의 서랍에 채록되어 있다

기찻길 옆 오막살이 아기는
여전히 곤한 잠을 자는데
동요 밖에서 뒤척이는 무음의 시간
재생 버튼을 누른다

영상으로 전해지는 소리의 체온

뜨겁게 등줄기를 타고 내려간다

, ⋯⋯

시속 100km 고속도로에
쉼표가 앞장서고 말줄임표 따라간다

어 어⋯⋯

내 차 앞을 용케 지난다
노란 두 줄 넘는다 싶었는데
반대 차선 큰 짐 실은 트럭
속도가 무겁다

쉼표,
앞만 보고 뜀박질이다
종종 뛰는 말줄임표

트럭이 질주한다
사이드미러를 본다
빨간 차 검은 중형차 뒤를 따른다

오금이 저리고 똥줄은 타는데
쉼표 말줄임표 도로에서
보이지 않는다

.

.

.

도로 옆 옹기종기 모여 있다

어미 뒤꽁무니만 따라다니던 육 남매
가시밭길 무사히 지나왔다 싶었는데
엄동설한 다시 맨발로
고속도로 중앙선을 넘고 있는 어머니

소리 그리기

마음이 머문 자리에 점을 찍고
도마에 찍힌 상처를 피해
말랑말랑한 곡선을 그어요
차라리 물 위에 그리라고 탓하려면
숨 참으세요
·
·
숨 쉬세요

입술이 닿는 자리는 느리게
가슴이 닿는 자리는 뜨겁게
그리도록 해요
소리는 언제 들어도 흑백이에요

세모를 그려 놓고 동그라미가 달아나요
곡선과 직선이 마구 섞인 후미진 골목에
가면 쓴 얼굴 몇 장이 바람에 날아가고
손톱에 거짓이 까맣게 끼어요

다 짜 버린 치약 뚜껑이 갈 길을 묻고
잉크 없는 볼펜이 꾹꾹 대답을 해요

꼬리는 잡았는데 냄새가 나지 않는 소리는
지우개로 지워요
자국이 남는다면 찢어 버려도 상관없죠

넘어지거나 흔들리는
소리를 따라 그리는 게 좋겠어요
비대해진 심장 소리는
흰색 검은색을 섞은 침묵이 딱이에요

썩은 웃음은 형용사스러운 상상화
울컥의 꼭짓점은 동사를 풍자한
수묵 담채화가 제격이죠

소리가 보이기 시작하나요

세세하게 그리세요

메아리 숲이 무성하도록

혜화시동인회 제6집

그녀의 파라솔

저 자 | 혜화시동인회
발행자 | 오혜정
펴낸곳 | 글나무
주 소 | 서울시 은평구 진관2로 12, 912호(메이플카운티2차)
전 화 | 02)2272-6006
등 록 | 1988년 9월 9일(제301-1988-095)

2023년 6월 15일 초판 인쇄 · 발행

ISBN 979-11-87716-79-2 03810

값 10,000원

ⓒ 2023, 혜화시동인회